LA BOURGEOISE

AU SALLON.

LA BOURGEOISE

AU SALLON.

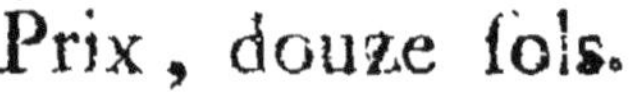

Prix, douze sols.

A LONDRES,

Et se trouve A PARIS,

Chez les MARCHANDS DE NOUVEAUTÉS.

M. DCC. LXXXVII.

LA BOURGEOISE

AU SALLON.

ALLONS au Sallon, me dit hier une Bourgeoiſe, ma voiſine, qui m'appelle ſon Compère, parce que nous avons tenu un enfant enſemble, & que cela a établi entre nous une ſorte de liaiſon. — Eſt-ce que vous vous connoiſſez en peintures, Madame? — Il ne faut que des yeux pour ça; c'eſt comme quand je vais au Spectacle, ou que je lis un Roman, je n'ai pas beſoin d'être ſavante pour ſavoir ſi je m'ennuie ou ſi j'ai du plaiſir. — Allons au Sallon. Nous y voilà l'un & l'autre, jugeant tout de travers peut-être, mais jugeant ſans partialité.

J'achète le Livret indicateur. Le tableau N°. 1 porte le nom de M. Vien. Ce nom dès long-tems, célèbre en peinture, ſuffit pour me donner d'avance une idée avantageuſe de l'ouvrage de ce Maître. Qu'eſt-ce que cela,

Monsieur? — Ce sont les adieux d'Hector à sa femme. Que vous en semble? La composition en est sage, les personnages bien dessinés, l'ensemble un peu froid peut-être, l'Auteur n'a plus vingt ans. — Madame Hector est une belle femme: elle a l'air bien fâchée du départ de son mari. On diroit pourtant qu'il n'est pas si affligé qu'elle: il est vrai que c'est un homme. Ils ont plus de force que nous autres femmes, & puis il va à la guerre, il ne pense qu'à la gloire. Et sa pauvre femme pense qu'il pourroit bien être tué; voila ce qui fait qu'elle est si triste. Qu'il est joli ce petit enfant! C'est le leur, n'est ce pas? Il fait une drôle de mine. — C'est qu'il a peur du panache de son père. — Ah! ah! c'est donc dit dans le livre; je ne l'aurois pas deviné. Il va s'en aller, M. Hector, dans ce char qui est là au bout. Il n'y sera pas trop à son aise, il a l'air bien petit.

Ma Commère ne raisonnoit pas trop mal. Je lui montrai trois autres tableaux du même Auteur, sous les Nos 2, 3, 4. Elle en fit l'éloge à sa manière, en préféra la couleur à celle du premier. Avoit-elle tort?

Les grands tableaux fixoient l'attention

de ma Bourgeoiſe. Elle courut vîte au N°. 5, ayant pour titre : Fidélité d'un Satrape de Darius. Elle étoit curieuſe ; il fallut lui expliquer qui étoit cet homme qui ordonne ſon ſupplice. — Ce jeune homme eſt Alexandre. — Il fait là une vilaine action. — Belle compoſition, Madame, bon ton de couleur. Tenez, venez voir la même action eſquiſſée dans ce petit tableau. — Alexandre a la figure plus noble dans le petit que dans le grand. — Il y a là du moins un homme pour arrêter les chevaux qui ſont au galop dans le grand tableau. — Si ce n'étoit pas de la peinture, depuis que nous parlons, le char ſeroit bien loin avant qu'on eût fini d'attacher ce pauvre diable. Comment ſe nomme le Peintre qui a fait cela ? — M. de la Grenée l'aîné. — Il a du mérite ; ce Monſieur. — Beaucoup, Madame. — N'a-t-il pas fait autre choſe ? — Pardonnez-moi ; tenez, voyez le N°. 7. — Que veulent dire toutes ces figures ? — C'eſt l'amitié conſolant la vieilleſſe. — Ah ! ah ! c'eſt bien fair auſſi ; mais je vais voir encore une fois le grand tableau ; il me donne à penſer.

Qu'eſt-ce ce que c'eſt que le N°. 12 ? Quel eſt ce Monſieur en eſpèce de robede-chambre, que cet enfant caresse? — C'est Scipion, Général Romain, à qui les Ambassadeurs d'Anthiocchus ramènent son fils qui avoit été pris par des Soldats de ce Roi. — Ces gens-là n'ont pas l'air bien noble pour des Ambassadeurs. Je sais qu'il y a des Ambassadeurs qui n'ont pas trop bonne tournure; un Roi ne les jette pas au moule: mais un Peintre peut les faire comme il veut. — Vous avez raison. — J'aime la figure de ce jeune enfant & celle du père. Il a l'air d'un homme comme il faut. Il est un peu blafard. — C'est qu'il sort de maladie. — C'est ce qui fait sans doute qu'il ne montre pas autant de joie qu'il seroit naturel qu'il en montrât en retrouvant son fils. Et le Peintre se nomme? — M. Brennet. — Il y a donc bien des gens à talens en France: & sont-ils tous de l'Académie? — Ah! non, Madame.

Tenez, Madame, le N°. 19; il est de M. de la Grenée le jeune. — Que pensez-vous de ce tableau, Monsieur? — L'Auteur pourroit être plus heureux dans le choix du sujet. — Je ne reconnois pas Ulysse dans cet homme qui a l'épée nue à la main. Il y a trop de manière dans le dessein de sa tête. Le ton de couleur de ce tableau passe trop rapidement du noir au blanc. — Vous n'en êtes donc pas content? — Ce sont des remarques que je fais; je puis me tromper. D'ailleurs, ce Maître a d'autres ouvrages qui font infiniment d'honneur à son pinceau.

Tenez, mon Compère, je n'ai pas besoin du secours de votre livret pour deviner le sujet du *N°*. 16 : c'est l'Amiral Coligny. Vous voyez que j'ai lu la Henriade : c'est le moment où ce Grand-Homme en impose à ses assassins. Ce tableau me rappelle un souvenir qui m'afflige ; ce pauvre Amiral ! & ils le tuèrent ! — Ce mot échappé à ma Commère fait l'éloge de la vérité que l'Artiste a mis dans sa composition. Voilà l'avantage qu'ont toujours les Peintres, en traitant des sujets connus & intéressans. M. Suvée, à mon avis, a fait dans ce tableau preuve d'uu grand talent. Tous ses personnages sont du dessin le plus correct. Il a profité des critiques qu'on lui avoit faites les années précédentes sur le ton de couleur qu'il employoit. J'ai cependant entendu quelques critiques sur la figure de l'Amiral. On la trouve un peu courte. Il n'est pas d'à-plomp, disoit un Monsieur à côté de nous. — Eh bien, on le redressera répond vivement ma Bourgeoise, & il n'y aura plus rien à dire. — Cela ne se fait pas ainsi : il faudra qu'il reste comme il est. — Tantpis : mais, malgré cela, j'aime beaucoup ce tableau, & je viendrai le revoir,

Voyez, voyez le N°. 22 : qu'il est joli ! Quel est ce Chevalier & cette belle Dame en pleurs ? — Madame, c'est Armide & Renaud. — Je les reconnois d'après l'idée que je m'en étois faite, les voilà bien : que ces couleurs sont fraîches ! Comme elles flattent agréablement la vue ! J'ai lu toute leur Histoire. Quel est le moment que le Peintre (M. Vincent) a choisi ? — C'est celui où prête à se donner la mort, elle est arrêtée par Renaud, qui la serre dans ses bras, & la retient malgré ses efforts. — Je m'en souviens. — Oh ! pour ce tableau, les méchans auront la langue morte ; qu'y trouveront ils à reprendre ? — Oh ! oh ! — Que voulez vous dire ? — Vous n'êtes pas connoisseuse, on le voit bien. Je conviens que les accessoires sont supérieurement touchés pour un Peintre d'Histoire : mais ... — Quoi ! mais.... — Mais Renaud pourroit être mieux dessiné : il sent un peu le mannequin ; ses jambes sont trop fortes pour son corps, &

ne ſont pas en proportion avec ſes bras. — N'importe, c'eſt un fort joli tableau. — Joli, c'eſt le mot. Il plaira ſur-tout aux jeunes gens & aux femmes. — Eh bien, l'Auteur ſe conſolera de la critique de Meſſieurs les prétendus connoiſſeurs. Quand on plaît aux Dames, on peut ſe diſpenſer de plaire aux autres.

N'eſt-ce pas le même Auteur qui a fait le No. 23? — Oui, Madame. — Je reconnois Henri IV. — C'eſt lui-même & Sully malade d'une bleſſure, que l'on tranſporte ſur un brancard, & à qui ce Roi parle avec cette bonté qui le caractériſoit. — Je voudrois voir par-tout des tableaux de l'Hiſtoire de cet excellent Prince, on n'auroit pas beſoin de livret; on diroit : c'eſt cela. Et vous croyez que l'on critiqueroit moins le Peintre? Vous ne vous appercevez pas que le grouppe qui entourre Sully manque de caractère, qu'on ne tourne pas autour des figures, que la couleur eſt froide & griſe. — Eh! mon Dieu, que vous êtes difficile! On diroit, à vous entendre, que cet Artiſte eſt ſans talens. — Il s'en faut de beaucoup. Perſonne ne lui rend plus de juſtice que moi, mais la perfection eſt ſi difficile.

M. le Caustique, regardez-donc le N° 28. — J'ai déjà vu des gravures qui représentoient des sujets à-peu-près pareils. — Elles étoient faites d'après des tableaux du même Auteur (M. Vernet). — Ce nom est de ma connoissance. Et de celle de tout le monde. — Oh ! qu'il en a fait cette année! c'est toujours la mer ; & pourtant, cela ne se ressemble pas. Voyez ces matelots qui se sauvent à la nage, & cette femme qu'on retire des ondes. Je voudrois pouvoir secourir ces pauvres gens. Ce tableau me fait plaisir & me serre le cœur en même tems. — Hé bien ! regardez le N°. 30. — Il me fait naître des idées riantes; la mer est tranquille, on voit le reflet du Soleil qui se couche. Vous ne dites rien, Monsieur ? J'admire.

C'est M. Rollin, dites-vous, qui a fait tous les portraits de MM. Nicolaï & Decrosne ! je ne m'y connois pas; mais ils m'ont l'air d'être bien faits. — Tout le monde pense à-peu-près de même. M. Rollin soutient sa réputation dans un genre devenu difficile par les talens qui ont montré les nouveaux Artistes que l'Académie a reçus depuis quelque tems.

Comment nommez-vous celui qui a fait la Maison quarrée de Nîmes, le Pont du

Garre, l'intérieur des Innocens; enfin, tous ces tableaux, compris depuis le N°. 46 jusqu'au N°. 55? — C'est M. Robert, qu'en pensez-vous, Madame? J'aime beaucoup ces monumens, je m'y reconnois, c'est bien cela; & vous, Monsieur, à votre tour, quel est votre avis? — Tous ces tableaux sont de charmantes esquisses, qu'est-ce qui le presse donc tant, M. Robert? Avec autant de facilité d'esprit, avec autant de goût, pourquoi rester toujours au-dessous de Jean-Paul Panini? Ce tableau du Pont du Garre me paroît plus foible que les autres pour la couleur. J'ai vu ce Pont. L'Auteur eût pu être plus vrai. Le ton du Soleil couchant est très-sale, ce qui rend ce tableau lourd de ton, ce qui n'est pourtant pas le défaut de M. Robert. — Comme vous vous échauffez. — C'est que l'Artiste a du mérite, & je lui en veux de ne pas mieux soigner ses compositions.

Ils sont donc de M. Hüet, ces neuf tableaux que nous venons de voir? Oui, Madame; voyons-en d'autres.

Je vais vous montrer quelques ouvrages de Madame Vallayer Coster. — D'une Dame! voyez, voyez comme tout ce gibier est bien imité, on pourroit le porter à la Halle.

Les femmes ont auſſi du talent, j'en ſuis bien aiſe. Madame Vallayer fait honneur à ſon ſexe.

Eh! nous avons déjà paſſé pluſieurs fois devant le N°. 43 ſans le voir. Regardez donc votre livret? qu'eſt-ce que cela repréſente? — Ce ſont les Fêtes de Bacchus que les Romains célébroient tous les ans au mois de Septembre; le deſſin de ce tableau prouve du talent, la couleur en eſt un peu crue, le Grand-Prêtre derrière l'autel eſt mal ajuſté, pauvre d'expreſſion. — Comme vous êtes chaud à critiquer! on a bien raiſon de dire que les délicats ſont malheureux; rien ne vous plaît, & moi j'aime cette groſſe réjouie qui eſt debout. — C'eſt une Bacchante. — Elle eſt bien faite. Sa camarade qui eſt-là. — Dans une mauvaiſe poſition. — Eſt bien de figure auſſi, cependant elles ont l'air d'aimer autre choſe que le jus de la treille, & je ne ſais pas trop ce que je dirois ſi je voyois mon homme avec des créatures de cette eſpèce. — Quand leurs traits ne reſpireroient que l'ivreſſe, elles n'en ſeroient que mieux.

Monſieur, Monſieur, venez donc admirer ces fleurs, N°s. 84 & 85. — Par M. Van Spandouck. — Je ne retiendrai jamais ce nom-là. — J'en ſuis fâchée, comme ces fleurs ſont parfaitement imitées! c'est là Nature toute pure. Avec ces tableaux dans ma chambre, je me consolerois en hyver de l'absence du printems.

Puisque nous sommes en train de voir du bon, venez voir, Madame, plusieurs beaux tableaux de M. Hue. — Sur-tout ce clair de lune. Ce Ciel est superbe & d'une grande vérité.

Quel est ce chasseur si gai? c'est le portrait de quelqu'un que j'ai connu autrefois. — C'est celui du célèbre Caillot, jadis Acteur de la Comédie Italienne, qui étoit si bon dans Verstern & dans tout ce qu'il jouoit, & qu'on n'a pas encore remplacé. — Laissons les Acteurs, nous ne sommes pas à la Comédie, qui est l'Auteur de ce portrait? — Madame Lebrun. — Encore une femme? est-ce là tout ce qu'elle a fait. — Oh! non, ce superbe tableau N°. 97 n'est-il point d'elle? Oui, Madame. — Y reconnoissez-vous la Reine? — Le velours est de toute beauté. — Où prend-elle ses couleurs? — C'est-là son secret. — Que Monsieur le Dauphin, Madame & Monseigneur le Duc de Normandie sont jolis! ils sont ressemblans. — Cette femme en blanc qui a un bouquet à la main, n'est-ce pas cette pauvre Nina?

.... Ne dit-elle pas. Paix.... Paix.... j'écoute. Voyons tous ses tableaux l'un après l'autre. Bien ! bien ! eh ! Madame Lebrun, continuez ; si chaque art avoit votre pareille, les hommes ne pourroient plus se vanter de leur supériorité.

Comment, c'est encore une femme qui a fait ce grand portrait en pied de Madame Adelaide ; c'est, dites-vous, Madame Guyart. Ah ! ah ! MM. les hommes, les femmes vous valent bien quand elles veulent s'en donner la peine.

Avec quelle attention, Monsieur, vous regardez ce tableau ? — C'est, Madame, qu'il est de la plus grande beauté, c'est Socrate buvant la cigue. M. David, l'Auteur de ce beau morceau, y déploye toutes les ressources de son génie ; sous le pinceau d'un Artiste ordinaire ce trait historique ne diroit rien. L'Auteur a créé sa situation, voyez comme Socrate va prendre le vase funeste, sans interrompre sa conversation. Ses amis fondent en larmes, lui seul est tranquille. Cette scene parle à l'ame autant encore & peut-être plus qu'aux yeux. On dira peut-être qu'il fait trop jour dans la prison, tant mieux, on y perdroit trop s'il y faisoit nuit. On dira peut-être aussi que le vieillard qui

est

est assis au pied du lit, ne seroit pas en proportion avec les autres personnages, s'il étoit debout; mais quand on a des beautés du premier ordre, on sait excuser des taches légères, & qui ne peuvent être apperçues que par ceux qui épiloguent.

Levez la tête. — Que signifie ce jeune homme à demi nu qui écarte les bras d'un air niais, & qui regarde cette religieuse qui a l'air toute effarée. — C'est Oreste, reconnoissant sa sœur Iphigénie. Je ne lui aurois jamais soupçonné cette figure-là. — Cet Oreste, si je m'en souviens, étoit un homme toujours en colère, je l'aurois cru brun, sanguin, comme on se trompe quand on ne sait rien. — Savez-vous, Madame, que votre remarque est juste. — Et puis, Monsieur, au moment d'une cérémonie publique, il me semble qu'il devroit y avoir plus de monde dans ce temple. — Chut! L'Auteur de ce tableau est auprès de vous, votre critique l'afflige. — Ah! Monsieur, soufflez-moi vîte quelque chose pour le consoler de ma méchanceté involontaire. — Dites que les accessoires sont parfaitement touchés, que le dessin est correct, le ton de couleur agréable, le jour bien ménagé, vous direz la vérité. — Il me prend pour une connoisseuse, il a l'air content de moi à présent. — Il peut aussi l'être de lui. Il a du mérite.

Vous voyez que j'examine le N°. 137, que je n'y comprends rien, & vous, qui possédez le livret, vous me laissez là, grands yeux ouverts, bouche béante. Quel est cet homme renversé, à qui en ont ces femmes, plaisantent-elles, ou si elles sont en colère? Leurs visages ne me disent rien de tout cela, ce tableau est de M. Barbier, l'aîné; il a pour titre le *Courage des Femmes de Sparte.* Cet homme renversé avoit eu des dessins malhonnêtes, il vouloit enlever toutes ces Dames; mais comme elles avoient autant de force que de vertu, il pensa être puni de sa témérité, & elles l'auroient vertueusement assommé, sans une charitable Prêtresse, qui voulut bien intercéder pour lui. La composition de ce tableau est bonne, sans le froid qui y règne, on s'appercevroit, sans doute, qu'il est très-bien dessiné.

Apprenez-moi vîte le nom de l'Artiste qui a fait ce tableau de famille, N°. 146. — C'est M. Vestier. — Je gage, que tous personnages ressemblent, on devine ce qu'il se disent. Comme ce satin est beau! c'est que je me connois à cela; il est à pleines mains; on voit le jour sur ces étoffes, jamais je n'ai vu de portraits si bien faits. Comment ! tous ceux là sont encore de M. Veslier ? — Eh ! de qui donc, Madame ?

Ce tableau, N°. 153, ne vous amusera pas, Madame ; c'est un trait de l'Histoire Romaine par M. Peyron ; c'est Curtius refusant les présens des Samnites. Sage composition, bon ton de couleur, la touche molle. — Vous me parlez Hébreu, je n'entends rien à vos remarques.

Voulez-vous voir les tableaux de M. Perrin ? Cet Artiste annonce de grandes dispositions, mais point de transparence dans les ombres. — Eh ! laissons les critiques, il fera mieux une autre fois. — Tout le fait présumer, je suis plus content du tableau d'Antoine, que de son grand tableau, N°. 164 ; il est d'un meilleur ton, d'une composition sévère, mais on ne reconnoît pas l'amant de Cléopatre, l'Auteur eût du le peindre tel que les Historiens nous le représentent. — Eh ! laissons les commentaires, il suffit que ces tableaux représentent des traits d'Histoire qui me sont inconnus, pour qu'ils n'ayent pas l'avantage de me plaire.

Aimez-vous mieux ceux de M. Valenciennes ? — Où sont-ils ? — N°. 171, &c. Ils sont charmans tous les quatre. — Depuis le

Pouſſin nous n'avons pas eu de Peintre de payſage de cette force : compoſition noble, beaux ſites, belle couleur, figures bien faites. — Il me ſemble, Monſieur, que tous les petits tableaux — De ce genre, c'eſt le terme. — Eh bien. — Il me ſemble que tous les tableaux de ce genre ſont ſupérieurs aux tableaux d'Hiſtoire. — Nous ſommes dans un ſiècle où on réuſſit aſſez dans tout ce qui eſt joli, nous n'avons plus aſſez de nerfs, aſſez de génie, pour atteindre au beau, il en eſt de même en poëſie, l'on fait encore par-ci par-là de charmans couplets, & pas un poëme épique.

Voilà encore deux tableaux d'Hiſtoire, N°. 177 & 178, ils ſont de M. Robin : le premier repréſente l'arrivée de Saint-Louis à Damiette, & le ſecond un acte de charité du même Roi, qui, ſecondé de ſa famille, panſe ſes ſoldats bleſſés. — Cela à l'air de tableau d'égliſe. Ils ſont deſtinés pour la Cathédrale de Blois. — A la bonne heure.

J'ai vu beaucoup les tableaux de M. Demarne. — Sa couleur eſt fraîche, ſon vernis beau, c'eſt ce qui fait rechercher ſes ouvrages par une certaine claſſe d'amateurs. — Je penſerois comme eux.

Cet hermite eſt bon, il prêche là en plein

vent. — Ce tableau feroit bien meilleur fi l'hermite prêchoit dans le défert. Je ne fuis pas content de fon auditoire, M. Taunai eft plus heureux dans fes payfages, il a un pinceau agréable, & fa touche eft excellente.

Il y a longtems que nous fommes ici, & nous n'avons pas tout vu, à peine ai-je regardé ces bas-reliefs fi fupérieurement faits, & qui trompent encore l'œil lorfque la main les touche. — Nous reviendrons, n'eft-ce pas affez pour une fois, & puis je dois une petite vifite aux fculptures, je n'y ai donné qu'un coup d'œil en paffant, defcendons dans la cour. — Et les gravures? — Il y en a d'agréables, dit-on, nous les verrons toujours affez-tôt chez les marchands d'eftampes.

Commençons notre tournée par la gauche, d'abord, vous voyez l'immortel Racine, le rival & le fucceffeur de Corneille, à l'Académie. On reproche à M. Boizot de n'avoir pas donné affez d'expreffion à la figure du Poëte. — S'il l'avoit comme cela. — Un homme tel que Racine à fes momens d'enthoufiafme, & ce font fes traits fugitifs qui peignent le génie que l'Artifte doit faifir & tranfmettre à la poftérité.

Etes-vous plus content de Molière? M. de Caffiéri affure dans une note que la tête de cette ſtatue a été faite d'après un portrait de Mignard, l'ami de Molière. — Laiſſez-le-moi bien regarder. Voilà donc l'Auteur du Tartuffe. — On dédaigna de lui ériger dans ſon ſiècle le plus humble mauſolé. Le nôtre lui élève des ſtatues; il le devoit. Hélas! pourquoi faut-il que nous ſoyons ſi lents à rendre hommage aux génies ſupérieurs qui honorent notre Nation? Le ciſeau ferme & vrai de M. Caffiéri étoit digne de faire connoître à nos derniers neveux les traits du père de la Comédie en France.

Puiſque la ſtatue de Saint Vincent-de-Paul n'eſt qu'en plâtre, je conſeillerois à l'Auteur de la retoucher. Saint Vincent, dans la poſition où il eſt, me paroît auſſi eſtropié que ces pauvres petits enfants qui ſont à ſes pieds. L'ami de l'Humanité ne doit pas aller à la poſtérité avec un cou de travers.

Croyez-vous, Monſieur, qu'il ne ſeroit pas plus décent que cet Ajax qui enlève Caſſandre fût un peu habillé? Ce ſabre en bandoulière & ce caſque font un auſſi mauvais effet dans l'état où eſt Ajax, qu'un bonnet de nuit ſieroit mal à un homme richement paré. — Madame, ce grouppe fera honneur à M. Dejoux. Je ſuis bien aiſe d'avoir tort.

Cette Vestale, N°. —, seroit bien en buste. Le Maréchal de Luxembourg est tant soit peu matériel. Rollin est bien. — Pourquoi M. Bridan a-t-il donné cette figure à Bayard ? Ce n'est pas là l'idée que je m'en étois faite. Si, au lieu d'une cotte d'armes, on mettoit à cette figure un habit de Capucin, & qu'il tînt à la main un Crucifix au lieu d'une épée, j'en serois très-contente. — Ah! Madame, le grand air vous rend méchante à votre tour. — Je ne sais pourquoi je sors de mon caractère ; ce que c'est que l'exemple. — Heureusement qne notre avis ne fait de tort à personne. Il est sans conséquence, comme toutes les brochures qui paroissent tous les deux ans à cette époque. Elles affligent quelquefois les Artistes, dont l'amour-propre est facile à blesser. Ce qui doit les consoler, c'est que, si leurs ouvrages sont bons, ils survivront à ces écrits éphémères ; s'ils sont mauvais, toutes les flagorneries menteuses de leurs amis ne les sauveront pas de l'oubli auquel les condamneroit leur médiocrité. Après tout, la critique est encore plus utile au progres des Beaux-Arts que l'enthousiasme ridicule de certains Prôneurs mal-adroits.

FIN.

www.ingramcontent.com/pod-product-compliance
Ingram Content Group UK Ltd.
Pitfield, Milton Keynes, MK11 3LW, UK
UKHW012312240726
13966UKWH00005B/1830